LE BEDEAU,

POÈME HÉROI-COMIQUE,

SUIVI DE

POÉSIES DIVERSES,

PAR

ALPHONSE COTELLE.

PRIX : 1 FR. 50 C.

EN VENTE

Chez les principaux Libraires de Paris et des départements.

1860.

IMP. COTTENEST.

 Le Bedeau.

19151

LE BEDEAU,

POÈME HÉROI-COMIQUE,

SUIVI DE

POÉSIES DIVERSES,

PAR

ALPHONSE COTELLE.

—∞—

EN VENTE

Chez les principaux Libraires de Paris et des départements.

—

1859.

1860

SAINT-QUENTIN,

Imprimerie Cottenest et Ce, rue du Palais-de-Justice, 23.

AU LECTEUR.

Ma tendre mère, un jour, quand j'étais tout petit,
Me prit sur ses genoux et me fit ce récit :
« Le bon Dieu, mon enfant, au dire de la Bible,
» Pour l'homme ne fut pas de tout temps invisible ;
» Et le jour n'est pas loin où la bouche des saints
» Servait encor d'organe à ses ordres divins.
» Témoin le grand saint Roch, que l'on a vu naguère
» Marcher, pleurer, sourire et se mettre en colère... »
Ce récit m'a frappé ; je ne l'oubliais pas.
Quand vers l'église après nous dirigions nos pas,
Je tremblais. (Quel est donc l'effet de la croyance ?)
A peine de saint Roch étions-nous en présence,

Que, seul, je le voyais agité de fureur,

Ce qui, tout aussitôt, me glaçait de terreur.

Pour m'empêcher de fuir, c'est en vain que ma mère,

Par ses soins empressés, cherchait à me distraire :

Je ne l'écoutais plus. — Gardez-vous bien, parents,

De faire ces récits à vos petits enfants ! —

Bien long-temps, sous le poids de ma fausse croyance,

Je ne pouvais des saints soutenir la présence.

— Que n'engendres-tu point, ô superstition !

Effroi des bonnes gens, source d'affliction !

Oh ! qu'heureux je serais si, détruisant ton culte,

Je rendais clair enfin ce que tu fis occulte !

Si je pouvais enfin chasser l'obscurité

Dont ton voile trompeur couvre la vérité.

Assez long-temps, hélas ! comme une souveraine,

N'as-tu pas gouverné toute la race humaine !

Combien de fois jadis, au temple de Memnon,

N'as-tu pas des humains su troubler la raison ?

En lisant leur destin, la célèbre statue

Rendait leur corps sans force et leur âme abattue.

L'interprète des Dieux se faisait un trésor

Avec des mots pompeux qu'il vendait à prix d'or.

Mais ces temps sont passés, et bientôt nos lumières

Auront fait oublier ces vains et faux mystères.

Lecteur, vous apprendrez, en lisant ce qui suit,
Jusqu'où peut la croyance égarer notre esprit.
Puissé-je voir, au moins, pour seul prix de ma peine,
S'éloigner à jamais de notre race humaine
La superstition, ce culte peu chrétien,
Qui fit autant de mal que la raison de bien.

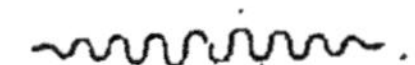

LE BEDEAU,

Poème héroï-comique.

CHANT I.

Je chante d'un héros le courage invincible ;
Je chante les combats où cet homme terrible,
S'égalant en valeur aux plus braves d'Eylau,
Sut montrer un guerrier sous l'habit d'un bedeau.

Muse, retrace-nous les scènes de carnage
Où ce nouveau héros exerça son courage ;
Redis-nous ce qu'il fit ; montre-nous le moyen
Qui servit à calmer et saint Roch et son chien.

Sur les rives de l'Oise, auprès d'une montagne,

Un village riant embellit la campagne.

Au nord est un canal baignant le mont Renaud,

Où s'élève orgueilleux un antique château.

Au sud, une forêt, par son épais feuillage,

Attire les amants qui recherchent l'ombrage;

Elle change en zéphyrs les plus froids aquilons,

Et transmet un air pur à tous les environs.

Au levant, le clocher se présente à la vue,

S'élance vers les cieux et se perd dans la nue.

Là se trouve une église où jadis la beauté

Existait seulement dans la simplicité;

Mais qui, célèbre enfin après tant de miracles,

Vit remplacer par l'or le bois des tabernacles. (*)

C'est là que l'on a vu, comme un preux chevalier,

Le bedeau combattant pour l'honneur du métier;

C'est là que plusieurs fois, par sa sagesse austère,

De saint Roch il parvint à calmer la colère.

(*) Cette église a été enrichie par un bienfaiteur.

Quatre siècles entiers ont laissé dans l'oubli

Les grands événements dont je trace l'histoire.

Je transmets au lecteur ce que j'ai recueilli :

Il peut en liberté nier, douter ou croire.

Le seize du mois d'août, jour de fête et de deuil,

Pendant qu'un prêtre indigne étalait son orgueil,

Notre illustre bedeau, dans l'ardeur de son zèle,

D'un héros, d'un César nous offrit le modèle.

C'est le jour de saint Roch que l'on vit se passer

Tous les événements que je vais retracer.

L'airain retentissant de la cloche vibrante

A l'église appelait la foule diligente.

On s'empresse partout, on voit de toutes parts

A la messe accourir les habitants épars.

Les derniers tintements de la cloche plaintive

Rendent encor la foule en marchant plus active.

Le nombre des chrétiens constamment s'augmentant,
Le temple du Seigneur est plein en un instant.

On apporte le vin, que jamais on n'oublie,
Et qu'un prêtre toujours boit jusques à la lie ;
Puis un enfant de chœur, au vol initié,
Saisit une burette et la vide à moitié.
Du vin qui disparaît l'eau vient remplir le vide,
Et le fripon s'éloigne avec un air candide.

Par les soins du bedeau, sur deux lignes rangé,
En pompe solennelle arrive le clergé.
Le prêtre vers l'autel avec respect s'avance,
S'incline gravement devant le Jéhova (*),
Et, relevant la tête après un long silence,
Chante ses *oremus*, versets *et cœtera*.

(*) Jéhova signifie J et H entrelacés. Ce signe se mettait jadis sur les devants d'autels ; maintenant, il est généralement remplacé par un Agneau Paschal.

Il dit ses oraisons pour tous les hérétiques,

Les excommuniés, payens ou schismatiques;

Enfin, il en finit, fait son aspersion

Et donne aux assistants sa bénédiction.

C'est alors que le chantre à la bouche béante

Entonne *Kyrie* d'une voix effrayante.

De mille échos bruyants la voûte retentit;

Le lutrin s'en ébranle et la terre en frémit.

Rien ne peut retenir sa fougue impétueuse;

La prière sur lui demeure infructueuse.

Mais le prêtre indigné, fixant le furibond,

D'un geste impérieux le fait baisser d'un ton.

— Ainsi de la Saint-Roch on commença la fête.

A chanter *Gloria* tout le peuple s'apprête.

Le chantre, après l'affront qu'il vient de recevoir,

Garde un morne silence et finit par s'asseoir.

C'est en vain que le prêtre, à bout de patience,

Vingt fois le supplia d'oublier son offense;

Sans les honneurs d'usage il fallut entonner,

Et songer qu'à l'église on doit tout pardonner.

Mais on voit la colère animer son visage ;

Il lance vers le chantre un regard plein de rage ;

Tous deux sont animés d'une égale fureur,

Et tous les assistants en sont saisis d'horreur.

La Discorde allumant la soif de la vengeance,

Rend ces rivaux altiers muets d'impatience.

Cependant tout le chœur, sur un ton solennel,

Poursuit très-lentement son hymne à l'Eternel.

Le prêtre en sa fureur le remarque et s'avise

Qu'au moins une heure encore on sera dans l'église.

Il se rappelle alors n'avoir pas déjeuné,

Et craint de ne trouver qu'un dîner mitonné.

Pour abréger l'office, au lutrin prenant place,

Aux yeux des assistants il montre son audace ;

Et, s'efforçant en vain de chanter le plus fort,

Sa voix rauque fait naître un affreux désaccord.

Ce nouvel incident vient croître sa colère,

Et son pied aussitôt à grands coups bat la terre.

Les sons, pour chaque note, à sortir empressés,

Au milieu du larynx restent embarrassés.

Bientôt la note longue en brève étant changée,

La brève est sans valeur et se voit supprimée.

Sans guide désormais, de nombreux assistants

Chantent le *Gloria* sur vingt tons différents.

Dans le trouble croissant de leurs voix discordantes,

La crainte fait pâlir les femmes frémissantes.

Soudain, dans ce moment de discorde et d'horreur,

Tout le corps de saint Roch s'agite de fureur.

Au tumulte naissant succède l'épouvante ;

La terreur se répand dans la foule ignorante ;

Le chantre en est muet, interdit, éperdu,

Et le prêtre, lui-même, en reste confondu.

Le suisse, dans la paix toujours plein de vaillance,

Faillit dans ce moment tomber en défaillance ;

Son visage empourpré jaunit subitement,

Et ses bras vigoureux tombèrent mollement.

De rassurer la foule en vain il se hasarde ;

Il tremble, et de ses mains glisse sa hallebarde.

Le bedeau reste calme et porte aux assistants

Des avis, des conseils sages et rassurants.

Il les exhorte tous à se mettre en prière ;

Et chacun obéit comme aux ordres d'un père.

Enfin, par son sang-froid, il fit tant et si bien,

Que de ce grand désordre on ne revit plus rien.

Les jeunes et les vieux, l'impie et l'hérétique,

Tout, dans le même instant, se trouve catholique.

Oh ! que de libertins, que de cœurs pervertis

L'éclat de ce miracle a soudain convertis !

Témoins nos deux rivaux oubliant leur querelle

Et jurant de nourrir une paix éternelle.

— Ainsi dans le péril l'amitié nous unit ;

Mais on rompt ses liens dès que le danger fuit.

Pour aller à l'autel continuer l'office,

Le prêtre, tout confus, sous le lutrin se glisse.

Trop tôt levant la tête, il se blesse et, tout bas,

Maudit cet instrument, qui tombe avec fracas.

Tout chrétien en conçoit un funeste présage
Et pense que saint Roch se venge de l'outrage.
On dit que de frayeur tout le peuple à la fois
Pria d'un cœur fervent — pour la première fois.
Tel que calme le mal un baume salutaire,
Telle a calmé leur crainte une ardente prière.

Le lutrin, sur le sol en morceaux retrouvé,
Par les mains du bedeau fut bientôt relevé ;
Il joignit chaque pièce à la pièce voisine,
Et bientôt sur son pied put tourner la machine.
Dans le recueillement l'office se poursuit.
Le chœur, long-temps troublé, retrouvant son esprit,
Finit le graduel — et la prose commence.
Alors toutes les voix résonnent en cadence.
La cloche retentit, et ses accents joyeux
Embellissent les chants qu'ils élèvent aux cieux.
Dans leur gémissement, parfois les orgues saintes
Exhalent leurs doux sons ressemblant à des plaintes ;

Leur céleste harmonie enivre tous les cœurs
Et semble de saint Roch adoucir les rigueurs.
Par ces accords divins l'événement s'oublie ;
De ces accords divins l'âme est toute ravie.
Ainsi quand au malheur succède un jour heureux ,
Le bonheur est plus grand , le cœur est plus joyeux.

Se trouvant accablé d'une faim dévorante,
De l'*Ite missa est* le prêtre est dans l'attente ;
Ces chants harmonieux ne lui déplaisent pas ,
Mais ils valent pour lui beaucoup moins qu'un repas.
Il s'adresse au bedeau , puis, par son entremise,
Au chantre il fait savoir que telle est sa devise :
« Aux soins de son métier il faut se conformer ;
» Aux dévots la prière , à nous de bien dîner. »
Mais le chantre indigné se garde de répondre ;
Il sait que d'un regard saint Roch le peut confondre.
Alors il chante encor plus solennellement,
Sans crainte d'irriter le prêtre véhément.

Le signal est donné, la discorde commence ;

Sans respect pour le saint, sans craindre sa présence,

Ce prêtre furieux, aussitôt de l'autel

Lance au chantre étonné son énorme Missel.

Du bedeau vigilant la vigueur se rallume ;

Il vole vers le chantre et reçoit le volume.

Le prêtre, s'acharnant, prend le cierge paschal,

Et, visant droit au cœur, le lance à son rival.

A peine revenu de sa frayeur mortelle,

Le chantre, vivement, lui jette une escabelle !

Par ce terrible coup le prêtre est renversé ;

Le bedeau le relève et le trouve glacé.

Il veut, quoique mourant, achever sa vengeance ;

Mais déjà son rival est prêt pour la défense.

(Est-ce donc dans l'église, où doit régner la paix,

Que l'on voit s'accomplir de semblables forfaits ?

Sont-ce là ces dévots qui, tantôt en prière,

Se juraient pour la vie une amitié de frère ?

Je tairai désormais l'excès de leur fureur,

Car de tels souvenirs n'inspirent que l'horreur.)

— En vain les assistants, par bonté fraternelle,

Veulent de ses rivaux terminer la querelle ;

Leurs yeux sont fascinés; saint Roch retient leurs bras...

Ils ne voient de ses traits que tous ceux qu'il n'a pas.

Constamment sous le poids d'une aveugle croyance,

Ils le croient animé d'une horrible vengeance.

Soudain, sa masse informe est mise en mouvement !

Et son fidèle chien le suit subitement !...

La foule, à cet aspect, de frayeur agitée,

Veut fuir loin de l'église et se trouve arrêtée.

Les chaises et les bancs, tout vole avec fracas ;

Sur le sol à grand bruit tout retombe en éclats.

Du portail résistant, la foule trop pressée,

A l'autre bout du temple est bientôt repoussée.

Dans ce tumulte affreux, les femmes, les enfants

Font retentir les airs de leurs cris déchirants.

Une mère éplorée (ô scène attendrissante !)

Pour retrouver son fils vainement se lamente : .

» Rendez-moi, » criait-elle, « un fils que je chéris....

» Ah ! sauvez mon Émile... Ah ! protégez mon fils. »

Ces mots entrecoupés, ces accents d'une mère
Ne sont point entendus d'une oreille étrangère.
Tout est sourd à sa voix ; on veut se dégager,
Et tous, s'entrepoussant, aggravent le danger.
Mais bientôt le bedeau, s'animant de courage,
S'élance dans la foule et se fait un passage.
Les éclairs sont moins prompts : rien n'arrête ses pas ;
C'est un nouvel Achille au milieu des combats.
Il retrouve l'enfant, et ce dieu tutélaire
Le reporte aussitôt dans les bras de sa mère.
Il court vers le portail, et soudain quelques sons
Annoncent que la porte a tourné sur ses gonds.

Pour sortir de l'église on ne voit plus d'obstacle ;
Elle est vide à l'instant ainsi que par miracle.

CHANT II.

Déjà dans le village, en cent propos divers,

Le peuple a raconté tous ses tristes revers.

Déjà la Renommée, à son devoir fidèle,

Dans les pays voisins a semé la nouvelle.

On n'entend plus alors que récits inventés,

Que détails superflus constamment augmentés.

Aussitôt les rimeurs ont eu la fantaisie

De faire à ce sujet un peu de poésie.

Sur la place publique, en foule réunis,

Les hommes du village émettent leurs avis;

Et, bien qu'ils n'aient jamais connu la rhétorique,

Chacun prétend bien dire et pense être logique :

« Le bon Dieu, dit l'un d'eux, par ces événements,

» Nous donne à tous, pécheurs, des avertissements ;

« Il nous fait souvenir de nos fautes passées,

» Fautes qui, par nos pleurs, devraient être effacées. »

Un second veut prouver, par un pompeux discours,

Que c'est une âme en peine implorant du secours.

Bien que d'opinion chaque orateur diffère,

On s'accorde à blâmer le prêtre téméraire.

La Discorde en sourit : elle prend aussitôt

Et la taille et les traits du défunt Girotot.

— Cet homme eut en naissant la sagesse en partage

Et fut, bien jeune encor, le Mentor du village ;

Pendant toute sa vie il employa son temps

A faire le bonheur de tous les habitants. —

Dans ce déguisement s'admire la déesse,

Et, sûre d'exciter la fureur vengeresse,

Elle marche à pas lents vers le peuple assemblé.

A l'aspect du défunt chacun se sent troublé :

On n'ose se parler, on retient son haleine ;

On tremble de l'entendre ; on se soutient à peine.

Mais enfin, pour porter un remède à leurs maux,

La déesse arrivant leur adresse ces mots :

« Pourquoi donc, chers enfants, tremblez-vous à ma vue ?

» Ma visite, il est vrai, n'était pas attendue ;

» Mais ne savez-vous pas que votre bienfaiteur

» Sera toujours pour vous un ami protecteur ?

» Un malheur vous menace, et, pour vous y soustraire,

» Le bon-Dieu m'a permis de venir sur la terre.

» — Du curé de ce lieu les exécrables torts

» Font mourir les vivants et réveillent les morts.

» Son infâme conduite, en horreurs trop féconde,

» Fait tressaillir d'effroi les gens de l'autre monde.

» Il faut, pour vous sauver, le punir au plus tôt ;

» Croyez-en votre ami, croyez-en Girotot.

» Il faut l'exterminer !... Tel est l'arrêt suprême,

» Que, pour votre bonheur, le ciel dicta lui-même.

» Votre vie en dépend, mais Dieu dans sa bonté

» Saura récompenser la bonne volonté.

» Mes enfants, je vous quitte, heureux que mon message,

» En armant votre main, délivre le village. »

Voyant que ce discours a produit son effet,

La déesse aussitôt s'envole et disparaît.

La colère et la foi, la terreur et la rage

De ces hommes croyants font pâlir le visage.

Interdits, consternés de la prédiction,

Ils jurent du curé l'extermination.

Gros-Jean, dit l'*Indomptable*, est nommé capitaine,

Et, marchant en avant, son ardeur les entraîne ;

Mais, d'armes dépourvus, il faut s'en procurer :

Chacun saisit alors ce qu'il peut rencontrer.

Sur un arbre voisin, Gros-Jean coupe une branche ;

Blaise, content de peu, d'un balai prend le manche ;

Les autres dans les cours, les granges, les maisons,

S'arment de ce qu'ils voient, bêches, fourches, bâtons ;

Et, pour mieux imiter une marche guerrière,

Dans l'église ils voudraient s'armer d'une bannière.

Mais, saint Roch étant là, qui l'oserait tenter ?

Mieux vaut du peu qu'on a savoir se contenter.

Gros-Jean leur donne alors le signal de la guerre,

Et la troupe à grands pas va droit au presbytère.

De ces hommes voyant l'air mâle et belliqueux,

Des femmes, pour calmer tous ces esprits fougueux,

Volent à leur rencontre et ferment le passage ;

Et cherchant le moyen d'ébranler leur courage,

Leur montrent le péril que ce siége offre à tous.

Une épouse, en pleurant, réclame son époux ;

Un fils est imploré par une tendre mère ;

Jeanne à son cher amant adresse une prière :

« O Sylvain ! lui dit-elle, oses-tu me quitter ?

» L'amour que j'ai pour toi ne peut-il t'arrêter ?

» Pourquoi ce vain transport, pourquoi cette furie ?

» Si près de notre hymen détestes-tu la vie ?

» Oseras-tu briser (pardonne ma douleur !)

» Ce cœur qui t'aime tant, ce cœur !... Dieu protecteur,

» Ne peux-tu retenir cette fougue insensée ?

» Ne peux-tu l'inspirer d'une bonne pensée?... »

Cette amante, à ces mots, qu'à peine elle finit,

Se pâme, tombe faible et devient sourde au bruit.

Son amant la soutient, lui rouvre la paupière,

La couvre de baisers et lui rend la lumière :

« Ma Jeanne, lui dit-il, je suis l'ordre du ciel ;

» En exauçant tes vœux je serais criminel. »

Cependant sa douleur un instant le désarme ;

Son œil laisse échapper une furtive larme.

Ces guerriers dans leur fougue à demi contenus,

Commandés d'un côté, de l'autre retenus,

Ne savent qu'arrêter, que résoudre, que faire :

Ici c'est pour l'épouse, ou l'amante ou la mère

La mort, qui pourra seule adoucir leurs douleurs ;

Là pour tout le pays ce sont de grands malheurs.

Hélas ! des deux côtés le malheur est le même ;

Hélas ! des deux côtés le péril est extrême.

Enfin, de Girotot la terrible leçon

L'emporte sur l'amour, l'amitié, la raison.

Tel un morceau de bois qu'entraîne une rivière,

Poursuit quelques instants sa course aventurière,

Et, rencontrant parfois un obstacle en chemin,

S'arrête, lutte, tourne et se détache enfin.

Ainsi tous ces guerriers, dans leur marche incertaine,

Après s'être arrêtés repartent avec peine.

Soudain, un bruit confus vient ralentir le pas ;

On entend murmurer : « C'est le lieu des combats ! »

A ces mots, tout s'arrête. Un lugubre silence

Annonce que la troupe a perdu sa vaillance.

Chacun de ces guerriers soupire et réfléchit ;

Tout prêt à reculer chacun reste interdit.

Enfin, pour s'éloigner, tous ces hommes habiles

Tirent de leur cerveau cent raisons inutiles :

— L'un a de la famille : il ne peut s'engager

Dans un siége où chacun court le plus grand danger ;

Un second craint qu'absent sa femme se désole,

Et qu'un autre à sa place en secret la console.

Tels on voit des héros, que je ne cite pas,
Braves loin du péril, déserter les combats.

Modèle de guerrier, Gros-Jean, leur capitaine,
Loin de les écouter, au siége les entraîne.
Il se rit de leur crainte et, d'un pas redoublé,
Ranime dans leur cœur le courage ébranlé.

Déjà du presbytère ils vont franchir la porte ;
Déjà dans le péril s'engage leur cohorte.
Les femmes, qui les voient, ne pouvant les calmer,
N'ont plus que des souhaits et des vœux à former.
Du prêtre connaissant la ruse et la finesse,
Du bedeau, son soutien, le courage et l'adresse,
Elles implorent Dieu d'apaiser leur fureur
Et de n'en faire aucun ni vaincu ni vainqueur.

Sous les coups redoublés déjà la porte plie ;

Encore un faible coup, la voilà démolie.

Gros-Jean veut s'honorer en montrant le chemin ;

Mais le bedeau s'avance un bâton à la main...

(Quelle douleur pour lui d'exercer son courage

A battre des amis et des gens du village !

Combattre ceux qu'on aime est un pesant fardeau :

Aussi voudrait-il fuir... Hélas ! il est bedeau.)

Le bâton dans sa main voltige et fend l'espace ;

Déjà Gros-Jean recule au centre de la masse.

Le bedeau jure alors, par le ciel et par Dieu,

Qu'aucun avant sa mort n'entrera dans ce lieu.

Tout confus qu'un seul homme en chemin les arrête,

Tous ces gens à la fois s'élancent sur l'athlète.

L'intrépide héros va tomber sous leurs coups ;

Au comble est leur fureur, terrible est leur courroux.

Luttant seul contre tous, son glorieux courage,

En montrant leur faiblesse augmente encor leur rage.

Il tombe sous les coups de ces gens acharnés,

Se relève en frappant... Quatre sont désarmés.

Trois, par un second coup, vont mordre la poussière,

Les autres, effrayés, font deux pas en arrière.

Gros-Jean espère encor qu'il sortira vainqueur !

Vain espoir ! Au moment où renaît son ardeur,

Par un coup du héros il tombe à la renverse,

Et son arme dans l'air en éclats se disperse.

« Quoi ! dit-il à ses gens avec noble fierté,

» On pourrait dire enfin : « L'indomptable est dompté ! »

» Non ! que le ciel plutôt dans ce moment m'écrase !

» Que je sois... » A ces mots, il interrompt sa phrase.

Par un dernier essai, par un effort nouveau,

La troupe se rallie et fond sur le bedeau.

Soudain le prêtre arrive !... Et, tremblants à sa vue,

Ces guerriers courageux veulent fuir dans la rue.

Le prêtre les retient... (Qui peut mieux qu'un curé

Remettre sur sa route un esprit égaré ?)

Avec l'air du dévot vers la troupe il s'avance.

Avec sa bonté feinte et sa grande éloquence,

Il a bientôt calmé ces superstitieux.

« Frères, » dit-il, « pourquoi ces cris séditieux ?

» Quel est donc le sujet de toutes vos alarmes ?

» Qui voulez-vous punir pour prendre ainsi les armes ?

» Du miracle étonnant survenu ce matin

» Me croyez-vous l'auteur ? Cet oracle divin,

» Dont je suis l'interprète, est venu nous apprendre

» Qu'en tout temps, qu'en tous lieux, la mort peut nous sur-

» Calmez donc vos fureurs et souvenez-vous bien [prendre.]

» Qu'un homme qui se venge est un mauvais chrétien. »

Ainsi parle le prêtre, et les guerriers se taisent ;

Il leur ouvre sa cave, aussitôt ils s'apaisent.

Plus de vingt robinets par leurs mains s'ajustant,

Deux tonneaux de bon vin sont vidés à l'instant.

La soif enfin moins vive, un vin plus fin les tente ;

On fond sur le Volnay, le Beaune et l'Alicante ;

On tombe sans pitié sur du vieux Frontignan

Caché dans un réduit découvert par Gros-Jean,

Et sur tant d'autres vins que ma mémoire oublie,

Car la cave d'un prêtre est toujours bien garnie.

On dit que du Macon , qu'un siècle a respecté ,
Ne put même échapper à leur avidité.

De ces spiritueux la vapeur enivrante
Rend en quelques instants la troupe chancelante.
Déjà tous ces guerriers , l'un sur l'autre pressés ,
Malgré de grands efforts se trouvent renversés.
Les premiers sur la terre impriment leurs visages ;
Les autres sur leur dos forment plusieurs étages.
— Tels on voit dans les airs ces faibles papillons ,
Que font bientôt mourir les moindres aquilons :
Dès que le premier meurt et quitte l'atmosphère ,
Mille autres le suivant viennent joncher la terre. —
Ceux de dessous , pressés par un si lourd fardeau ,
Semblent d'un œil mourant appeler le bedeau.
En les voyant plongés dans une telle ivresse ,
Le héros est confus et muet de tristesse ;
Mais saisir le premier , s'en charger sur-le-champ ,
Le remonter au jour fut l'objet d'un instant.

Cette opération plusieurs fois répétée,

La troupe demi-morte enfin fut remontée.

Les uns se laissaient cheoir, les autres trébuchaient ;

D'autres, en ricochant, sans avancer marchaient.

Le bedeau les soutint et leur fit la conduite ;

Les femmes, pour l'aider, marchèrent à leur suite.

Ainsi, clopin-clopant, s'avança le convoi ;

Après quelques adieux chacun rentra chez soi.

— Par la nuit la cité dans l'ombre ensevelie

Vit, à défaut d'acteurs, finir la comédie.

CHANT III.

Sous l'horizon encor se trouvait le soleil ;

Tous les hommes dormaient d'un paisible sommeil ;

Gros-Jean seul, éveillé par des songes funèbres,

Errait dans le village au milieu des ténèbres,

Et frappait doucement sur le seuil du logis

Où reposaient encor ses soldats, ses amis.

Déjà tous ces guerriers, riant de leur ivresse,

Allaient, par leur grand bruit, réveiller la Mollesse ;

Déjà fort altérés, au premier cabaret

Ils veulent s'en aller boire du vin clairet.

Soudain, Gros-Jean leur dit : « Mes chers amis, silence ! »

Sa voix mystérieuse obtient l'obéissance.

« Il est, ajoute-t-il, trois heures du matin ;

» Il faut laisser les gens presser leur traversin.

» Mais nous, qu'en ce moment un grand devoir appelle,

» Partons et reprenons une vigueur nouvelle. »

— « Peut-on savoir, dit Blaise, au moment de partir,

» Ce que maître Gros-Jean veut encore accomplir ? »

» — Peux-tu le demander ? dit Gros-Jean d'un ton grave,

» Attendrons-nous encor que le bedeau nous brave ?

» Courrons exterminer notre curé maudit,

» Avant que le village ait déserté le lit ! »

» — J'approuve, dit Sylvain, cette ardeur qui t'anime ;

» Mais nous venger ainsi serait un très-grand crime. »

» — On pourrait, dit Panerace, encor faire un essai,

» Ne fût-ce que pour boire un verre de Volnay. »

» — Ne te souvient-il pas, répondent tous les autres,

» Qu'hier, pour son bon vin, nous fûmes ses apôtres ?

» Que par ses beaux discours chacun fut désarmé,

» Et que, jusqu'au Macon, tout y fut consommé ? »

» — Mes amis, dit Gros-Jean, oh ! je vous en supplie !

Dans un pareil moment pas de plaisanterie !

En rêve Girotot m'apparut cette nuit,

Et depuis ce moment sa fureur me poursuit.

« Malheureux, m'a-t-il dit, tu dors! et le village

Périt quand tu pouvais, en t'armant de courage,

Le délivrer enfin du céleste courroux ;

Quand tu pouvais au moins rendre son sort plus doux.

Tu dors! — et le curé mollement se repose,

Sans souci des malheurs dont il est seul la cause !

Cours chercher tes amis, il en est temps encor ;

Allez au presbytère et donnez-lui la mort. »

Ici je m'éveillai. Ne croyant pas au songe,

Dans un profond sommeil bientôt je me replonge.

Soudain, un second rêve occupe mes esprits :

Je vais le raconter ; mais déjà je frémis!...

— Le soleil envoyait sa lumière éclatante,

Et donnait à la terre une chaleur ardente.

Les ruisseaux étaient secs ; la rivière baissait ;

Jamais aucun nuage au ciel ne paraissait.

En vain le laboureur demandait pour la terre

Quelques gouttes de pluie à la chaude atmosphère.

Aucun vent ne soufflait ; rien pour nous rafraîchir,

Et tous les animaux étaient près de périr.

Soudain, le vent se lève, et de sombres nuages

Se voient à l'horizon comme d'heureux présages.

Déjà tout le pays est dans l'obscurité.

On attendait la pluie avec anxiété ;

Quand deux monstres ailés, échappés de la nue,

Deux dragons effrayants ont frappé notre vue.

Trois têtes, dont les yeux brillent comme l'éclair,

Se dressent fièrement et s'agitent dans l'air ;

Une queue au crin raide, éclatant et sonore,

Tourne en replis divers, tourne et retourne encore ;

Leurs corps, que ne saurait embrasser un coup-d'œil,

Dans l'air, sans avancer, planent avec orgueil.

Ces deux dragons soudain, s'animant de furie,

Dardent leur triple langue encor de sang rougie ;

Et l'air, importuné par ce vif mouvement,

Souffle sans cesse et pousse un affreux sifflement.

Du haut de leur courroux ces deux monstres sauvages

S'élancent l'un sur l'autre. Aussitôt en nuages,

Par l'effet de leur choc ils se trouvent changés.

Dans la plus sombre nuit nous sommes replongés.

L'éclair brille et la foudre a sillonné la nue ;

Un horrible incendie éclate à notre vue.

Malgré le vaste bruit du tonnerre grondant,

Les lugubres éclairs toujours se succédant ,

La grande obscurité, la trop vive lumière

Et le vent, qui produit des torrents de poussière,

Vers le lieu du sinistre , à pas précipités,

Pour prêter nos secours nous sommes emportés.

Le feu dévore tout et semble dans sa rage

Vouloir, dans son entier, consumer le village.

En vain , pour l'arrêter, on détruit deux maisons;

L'ouragan, au-delà , fait voler les tisons.

Mais je tairai le reste, amis, car le temps presse !

A quoi bon retracer les scènes de détresse

Où des mères marchaient, pour sauver leurs enfants,

Au milieu du brasier, sur des tisons ardents !

Où l'on n'entendait plus que des cris inutiles ;

Que des cris inhumains, que des plaintes stériles !...

Dans ce désordre affreux l'espoir était perdu ;

Chacun croisait les bras et restait confondu.

Enfin la pluie arrive et d'un mal nous retire,

Pour nous faire aussitôt retomber dans un pire.

L'Oise, en quelques instants, monte et franchit ses bords ;

Dans le village l'eau vient malgré nos efforts.

Au plus haut point du sol elle atteint deux coudées,

Et toutes les maisons se trouvent inondées.

Chacun monte aux greniers qu'a respectés le feu ;

Chacun pleure et gémit, chacun implore Dieu.

O comble de douleurs !... O spectable effroyable !...

O désastre terrible autant qu'épouvantable !

Ce nouvel Océan, sur ses flots mugissants,

Vient offrir à nos yeux des morts et des mourants.

Alors, pour en sauver, reprenant du courage,

Sur les flots en courroux nous partons à la nage... »

— Ici je m'éveillai. — Ces scènes de terreur,

Ces désastres affreux sont encor dans mon cœur.

Vous le voyez, amis, tout ceci nous présage

Que de très-grands malheurs planent sur le village.

Partons donc sur-le-champ ; partons, et que le jour
Trouve un curé de moins à son premier retour. »

A ce triste récit chacun reste immobile
Et regrette son lit, ce lieu sûr et tranquille.
Retenu par la honte, on ne peut s'excuser ;
Pour sauver son pays l'homme doit tout oser.
L'un saisit d'un guerrier une illustre dépouille,
Vieux sabre que les ans ont recouvert de rouille ;
L'autre prend une épée en un vieux tas de fers,
Gisant abandonné depuis nombre d'hivers.
Tel qu'un dévot jadis, possesseur de reliques,
Se croyait à l'abri des périls les plus grands ;
Tels ces gens, possesseurs de ces armes antiques,
Se sentent désormais plus forts et plus vaillants.
Ils ne craignent plus rien : curé, bedeau, n'importe,
Tout ce qui peut leur nuire en discours est détruit.
On se munit d'outils pour enfoncer la porte,
Et vers le presbytère on s'avance sans bruit.

Gros-Jean, chemin faisant, dit avec assurance :

« Amis, notre pays nous doit sa délivrance ! »

La Discorde les voit, sourit et ne veut pas

Que de cette entreprise ils sortent sans combats.

Elle vole au logis du héros redoutable,

Qui, la veille, montra son courage indomptable,

Et, droit à son chevet, marchant d'un pas léger,

Dit : « Lève-toi, bedeau, le prêtre est en danger ! »

Aussitôt hors du lit, pour courir il s'élance,

S'habille et des ligueurs va punir l'insolence.

Pour laisser ignorer qu'il porte du secours,

D'une ruelle étroite il suit tous les détours.

Tel que le fin renard en voyant une proie

Se cache avec grand soin, de peur qu'on ne le voie ;

Tel marche le bedeau pour cacher son dessein.

Il s'avance ; il s'arrête ; il écoute, et soudain

Il entend les guerriers murmurer à voix basse.

« Grand Dieu ! » dit-il alors, « dessille-moi les yeux ;

» Fais que la nuit au jour à l'instant fasse place ,

» Et que je puisse voir tous ces audacieux. »

Mais la troupe vers lui s'avançant davantage ,

Il vole à sa rencontre et l'arrête au passage :

« Lâches ! que faites-vous à cette heure en chemin !

» Combattrez-vous sans bruit, ainsi que l'assassin?

» Vous cherchez le curé?... je me rends à sa place.

» Qu'un de vous avec moi signale son audace ;

» A l'instant sur la terre il sera terrassé ,

» Et son arrêt de mort aussitôt prononcé.

» Ne vous avisez pas d'aller au presbytère ,

» Car vous ressentiriez le poids de ma colère.

» Eh ! que vous a donc fait , pour vouloir le punir,

» Le prêtre qui pour vous ne forme qu'un désir ?

» Celui de vous voir tous heureux sur cette terre ,

» Et de vous voir admis dans la céleste sphère.

» Plus de bruit. Que ces faits soient toujours ignorés;

» Et retournez chez vous contents et rassurés. »

Chacun se garde bien de faire résistance ;

De sa force invincible on a l'expérience.

Mais Gros-Jean, en deux mots, lui conte le malheur

Qui doit dans le pays répandre la douleur.

« Voilà, dit le bedeau, ce que la crainte inspire :

» La croyance vous guide et l'erreur vous conduit.

» Vers le mal constamment le démon vous attire,

» Et, le remords au cœur, votre bonheur s'enfuit.

» Mais pouvez-vous penser qu'une guerre intestine

» Apaisera jamais la colère divine.

» Cherchons, par la prière, à calmer son courroux,

» Et que, dès aujourd'hui, la paix règne entre nous. »

Chacun se confiant dans sa grande sagesse,

De ne plus se venger on lui fait la promesse.

Les guerriers à l'église, après cet entretien,

S'en vont pour consulter et saint Roch et son chien.

CHANT IV.

L'Orient se dorait des rayons de l'aurore.

D'un paisible repos tout jouissait encore ;

Tout excepté les chats qui, bien avant le jour,

Appellent leur amante au rendez-vous d'amour.

Et le coq à son tour, le coq qui se réveille

Importune en chantant le rentier qui sommeille.

C'est pour les ouvriers le signal des labeurs ;

C'est l'heure où dans les champs s'en vont les moissonneurs.

La troupe de guerriers, d'une marche indécise,

S'avançait en tremblant vers le seuil de l'église ;

Et réveillait les gens, partout sur son chemin,

Pour être moins craintive en présence du saint.

Elle arrive au portail. — Déjà de la serrure,

Par la main du bedeau, la clef prend l'embouchure.

La porte résistant à ses nombreux efforts,

Il se tord, il se plie et force les ressorts.

— Dirai-je à quels tourments la troupe était livrée

Pendant qu'à cette porte il disputait l'entrée.

Elle croyait déjà qu'un miracle nouveau

Allait, dans cet instant, la conduire au tombeau. —

Le bedeau, dès l'entrée, ainsi que de coutume,

Fait un signe de croix, prend un cierge et l'allume.

Par l'exemple guidé, bientôt chaque guerrier,

En entrant dans la nef s'arrête au bénitier.

La troupe vers le chœur en ce moment s'avance

D'un air très-rassuré, mais la peur la devance.

De ce bruit matinal saint Roch, tout étonné,

Lance un regard de flamme au peuple consterné.

Il s'émeut, il s'agite et son chien gesticule ;

La troupe, de frayeur, vers la porte recule.

Mais le bedeau s'avance et dit : « Dieu de vertu !

» Pour ta religion si j'ai tant combattu ,

» De ta divinité fais qu'un rayon m'éclaire ;

» Pour apaiser saint Roch dis-moi ce qu'il faut faire.

» La prière, sans doute, est notre seul appui ,

» Car sa miséricorde est grande autant que lui.

» Mais serait-il possible, ô Dieu, notre seul maître !

» Qu'il fallût en ce jour assassiner le prêtre !

» Non, tu ne le veux pas ; tu tiens seul les destins ,

» Et ta loi nous défend d'être des assassins.

» — Revenez, mes amis ; le saint, dans sa clémence,

» Bénira notre foi, j'en ai la confiance. »

A l'instant, pour prier, on se met à genoux.

O prière ! un prodige est opéré par vous :

Déjà de tous les cœurs la terreur est bannie.....

De cet heureux effet soyez vingt fois bénie !

— On se lève, et du saint pour entendre l'arrêt

On s'approche avec foi. Soudain la peur renaît.

Au bruit de leurs sabots et des chaises qu'on range,

La figure du saint prend une forme étrange ;

Il tremble sur sa base et fait trembler son chien.

Les guerriers veulent fuir ; honteux, ils n'en font rien.

Un désordre effrayant de leur crainte résulte,

Désordre qui s'accroît et fait place au tumulte.

— O vous ! qui vous riez des miracles des saints,

Venez vous assurer vous-mêmes s'ils sont vains ;

Venez voir de saint Roch l'effrayante colère !...

Par un cierge qu'il touche et fait tomber à terre,

Deux autres sur l'autel se trouvent renversés ;

Des vases par leur choc en morceaux sont brisés ;

Une croix précieuse et des objets antiques,

Des rubis, des tableaux et de saintes reliques

Viennent couvrir le sol de leurs tristes débris.

Ce spectacle d'horreur égare les esprits.

La foule, à cet aspect, tremblante, prend la fuite,

Tout comme si saint Roch était à sa poursuite.

Le bedeau, loin de fuir, s'avance vers le saint.

— O vous, Napoléon, César ou Charles-Quint,

Alexandre ou Louis , héros que rien n'égale ,

Parlez ; qu'auriez-vous fait à cette heure fatale ?

Vous avez affronté les périls les plus grands ;

Toujours dans les combats vous fûtes triomphants ;

Vous avez tout bravé : — La foudre et la tempête ,

Et de vos bataillons vous marchiez à la tête....

Mais vous ne combattiez que contre des humains.

Auriez-vous pu sans fuir voir la fureur des saints ?

Oui, sans doute, et je crois qu'en cette circonstance

La crainte n'aurait pu trahir votre vaillance.

Mais vers un tel rival auriez-vous fait un pas ?

Non ! — L'on ne peut braver ce qu'on ne connaît pas. —

Cependant le bedeau, pour entendre l'oracle,

S'avance vers le saint , sans crainte et sans obstacle.

Il entend de son corps partir des cris aigus :

« C'est l'oracle , dit-il , nous fûmes entendus! »

Il s'approche plus près ; il entend ses entrailles

Qui semblent se livrer à l'horreur des batailles....

Soudain, saint Roch , son chien , de fureur emportés

Sont aux pieds du héros sur la terre jetés.

Leur corps par ce grand choc en mille éclats se brise.

D'un bruit épouvantable a retenti l'église.

Le ciel avec horreur voit ce désordre affreux ;

Le bedeau, tout confus, ne peut en croire ses yeux.

O spectacle étonnant ! ô miracle ! ô prodige !

(Mais d'un magicien n'est-ce pas le prestige ?)

Un grand nombre de rats, du corps du saint partis,

Courent de toutes parts en poussant de grands cris !...

— Le sol est recouvert de leur noire phalange.

Les murs, tout étonnés de ce spectacle étrange,

Exhalent leur surprise en mille cris perçants,

Et les échos dans l'air les répètent long-temps.

Ces rats, encor gonflés d'un orgueil sacrilége,

Du clergé dans l'église imitent le cortége.

Ils se rangent soudain en un long bataillon

Et, du chœur à la nef, font la procession.

Le bedeau voit enfin d'où vient ce grand miracle ;

Il rit de ses amis et se rit de l'oracle.

Il vole vers la porte et rappelle ses gens :

« Revenez, leur dit-il, valeureux combattants !

» Des fureurs de saint Roch venez voir le mystère ;

» A des soldats nouveaux venez faire la guerre,

» Et ne redoutez plus tous ces miracles vains,

» Qui jamais pour auteurs n'ont eu d'êtres divins. »

Ils rentrent, tout confus de leur sotte faiblesse,

Et vont, pour la couvrir, signaler leur adresse.

— Ces hommes, sur-le-champ, se transforment en chats,

Et, sûrs de vaincre enfin, ils fondent sur les rats.

Muse, dis-nous comment cette troupe maudite

Dans le corps de saint Roch put se former un gîte ;

Dis-nous pourquoi depuis son émigration

On ne voit plus autant de superstition ;

Et pourquoi cette église où jadis les miracles

Faisaient trembler les murs, les saints, les tabernacles

Est aujourd'hui tranquille. Enfin dis-nous comment

Le chantre et le curé sont d'accord maintenant.

Deux rats, jadis épris d'amitié 'un pour l'autre,
Dans les greniers ensemble allaient manger l'épautre ;
Mais partout menacés et partout poursuivis,
Liés par l'infortune et par l'amour unis,
Ils eurent le projet d'habiter une église,
Où vivant ignorés, sans crainte de surprise,
Ils pourraient dans la paix voir couler d'heureux jours.
Ce projet, cet espoir, ce bonheur eut son cours.
— Comme un fripon parfois cache sa fourberie
Sous le voile trompeur de la bigoterie,
De même ces deux rats, vivant de leurs larcins,
Echappaient aux regards à la faveur des saints.

Dans la muraille un trou, qu'ombrage une statue,
Leur servait de retraite à jamais inconnue.
C'est là que très-long-temps, livrés à leur amour,
Ne sortant que la nuit, ils restaient tout le jour.
L'amour porta ses fruits, et l'amante si chère
Put ressentir enfin le bonheur d'être mère.

Mais leur nid, suffisant pour se loger à deux,

Devenait trop petit pour ses enfants nombreux.

Comment faire ? — Il fallut chercher un autre asile,

Où l'on pût se loger et se trouver tranquille.

On chercha vainement. Toujours ils se trouvaient

Exposés aux regards des hommes qu'ils fuyaient.

Telle, en voyant dans l'air une bulle irisée

Présente à chaque instant de nouvelles couleurs ;

Telle en réflexions s'égarait leur pensée.

Ils éprouvaient toujours de nouvelles douleurs

A chacun des projets qu'ils ne cessaient de faire,

Car aucun aux regards ne pouvait les soustraire.

Enfin voyant saint Roch, dont le bois vermoulu

Permettait d'y creuser un asile inconnu,

Ils sourirent. Croyant ce projet le plus sage,

L'idée à peine émise on se mit à l'ouvrage.

Bientôt le corps du saint fut creusé tellement,

Qu'il présenta pour eux un vaste logement.

Cet asile à ces rats servit de race en race :

— Voilà ce que l'histoire aujourd'hui nous retrace. —

Au bruit des chants divins ne s'habituant pas,

Quand le chantre entonnait ils prenaient leurs ébats ;

Et lorsque de saint Roch ils agitaient la masse,

La superstition faisait changer sa face.

La frayeur à son gré le voyait furieux,

Pardonnant, menaçant de la main ou des yeux.

Bien souvent, et surtout au moment des offices,

Alors que dans l'église ils étaient tout novices,

Le sifflement de l'air, le plus faible zéphyr

Les faisaient s'agiter, trembler et tressaillir.

Enfin, avec le temps, à tout on s'habitue :

— Du chantre seulement ils redoutaient la voix ; —

Et l'on ne voyait plus s'ébranler la statue

Que quand plusieurs grands bruits arrivaient à la fois.

Mais au moment célèbre, au moment mémorable

Où le bedeau trop près avança de leur nid,

— Comme s'ils connaissaient ce héros redoutable, —

Ces rats subitement sortirent de leur lit.

Un trou qu'ils avaient fait au bas de la statue,

Pour passer deux au plus, était leur seule issue.

Engagés en grand nombre en ce passage étroit,

D'en sortir le premier chacun croit avoir droit.

Ce qui fut commencé par la force s'achève,

Mais le corps de saint Roch d'un côté se soulève ;

Et le poussant toujours, toujours il s'inclina,

Perdit son équilibre et puis se renversa.

— Des miracles du saint voilà tout le mystère. —

Du pays tout entier le bedeau fut le père,

Car ce vaillant héros a sauvé la cité,

En lui montrant l'erreur de sa crédulité ;

Et, depuis ce grand jour, de tous les faux prodiges

L'esprit, en s'éclairant, détruisit les prestiges.

Les miracles enfin n'ont plus aucun pouvoir ;

— Nos yeux, trop éclairés, ne peuvent plus en voir.

Les curés d'autrefois étaient fort redoutables,

Et leurs moindres désirs avaient force de lois ;

Ceux qui leur résistaient étaient jugés pendables,

Et connaissaient bientôt leur pouvoir et leurs droits.

Quant à ceux d'aujourd'hui, renfermés dans leur sphère,

Ils ramènent les cœurs et les âmes vers Dieu ;

Consoler les souffrants à toute heure, en tout lieu,

Guider leurs paroissiens et les aimer en frère :

Voilà le noble but de leur saint ministère.

C'est pourquoi dans l'église, après tant de forfaits,

Règne depuis long-temps une éternelle paix.

Au reste, tout suivit le progrès dans sa course,

Et le bonheur humain, dont il est une source,

S'agrandit avec lui. C'est ainsi que les rois,

Qui s'immortalisaient par de nombreux exploits,

Bien changés aujourd'hui, considèrent la guerre

Comme un des grands fléaux qui ravagent la terre.

Fasse Dieu qu'à son tour la superstition

Soit détruite et foulée aux pieds par la raison !

FIN DU BEDEAU.

Poésies diverses.

POÉSIES DIVERSES.

———

LA RIVIÈRE ET LE RUISSEAU,

FABLE.

Une rivière, un jour, rencontrant un ruisseau,
L'honora d'un regard et lui dit en son style :
« A quoi bon te charger d'un labeur inutile
 » Pour m'apporter ton eau ?
» Ce filet fait si peu sur le volume immense
 » Dont mon sein est rempli,
» Qu'à peine tu me joins, déjà ton existence
 » Est mise dans l'oubli.

» La moindre sécheresse

» Soudain te fait tarir ;

» Quand à peine je baisse ,

» Tu vas t'anéantir.

» Garde pour tes besoins cette eau dont la nature

» Pour toi se montre avare , et que j'ai sans mesure. »

— « Je sais, dit le ruisseau , que je suis bien petit

» Près de votre excellence !

» Mais auprès du grand fleuve où votre eau s'engloutit ,

» Quelle est votre importance?

» Au reste, la grandeur qui fait votre fierté,

» Vous ne la devez qu'à mes frères ;

» Plus que moi vous ne seriez guères ,

» Si leur faible tribut cessait d'être apporté. »

Le grand doit sa grandeur à notre petitesse ,
Et notre pauvreté fait toute sa richesse.

LES OISEAUX,

FABLE.

Dans un piége un jeune pinson
Fut pris et mis dans une cage,
Et ses amis, dans sa prison,
Le consolaient par ce langage :
« Ami, bien plus que nous tu te trouves heureux ;
» Tu n'es plus obligé d'errer à l'aventure
 » Pour rechercher ta nourriture ;
» Toujours, en t'éveillant, des mets délicieux

» Te sont donnés — et sans mesure ;

» Mais nous, pour ramasser quelques grains sans saveur,

» Et par les monts, et par les plaines

» Nous courons, nous volons et, malgré notre ardeur,

» Nos recherches sont souvent vaines. »

— « Amis, repond l'oiseau, n'enviez pas mon sort

» Avant de le connaître,

» Et croyez que déjà j'aurais cherché la mort

» Si je n'avais l'espoir de devenir mon maître.

» Sachez que les bons mets, dans la captivité,

» Ne valent pas le peu qu'on mange en liberté. »

L'ÉMOUCHET ET L'ALOUETTE,

FABLE.

Un émouchet, planant dans l'air,
Voit à ses pieds une alouette,
Et, toujours avide de chair,
Pour la contempler il s'arrête :
« Petit oiseau, dit-il, dont le ramage doux
» Joint à ton beau plumage
» Te rendent, parmi nous,
» Du Maître-Souverain le plus parfait ouvrage,

» Il est à regretter qu'à tes riches présents

» Tu ne joignes la force ;

» Mais je protégerai tes charmes séduisants. »

Ne voyant point l'amorce,

L'oiseau s'endort charmé. Soudain le protecteur

Tombe sur lui pour s'en repaître.

N'écoutons jamais le flatteur,

Car le flatteur est toujours traître.

—∞—

PROMENADE SATIRIQUE.

—

S'il revenait au jour, que dirait Diogène
En voyant l'ouvrier s'épuiser à la peine
Pour façonner au riche, au lieu de vêtements,
Avec la soie et l'or de pompeux ornements?
Que dirait-il encor s'il savait que, sans faste,
Le noble n'admet point les hommes dans sa caste;
Que le dehors fait tout et que le cœur n'est rien;
Qu'on ne peut, sans fortune, être un homme de bien;

Que les gens les plus sots sont regardés sans cesse

Comme ayant de l'esprit, s'ils ont de la richesse ;

Et qu'enfin l'homme honnête et modestement mis

Chez le riche aujourd'hui n'est plus jamais admis?

Ce qu'il dirait, Messieurs ?... Quant à moi, je l'ignore.

Je pense néanmoins que, s'il vivait encore,

Il maudirait ce vice et le détesterait ;

Que des mœurs de nos jours de bon cœur il rirait.

Il pourrait faire encor ce qu'il fit en sa vie :

Braver l'orgueil des grands, qu'il verrait sans envie,

Et prêter sa lanterne au fat en habit noir,

Qui se met sur le nez un lorgnon pour moins voir.

Mais, s'il nous revenait, que ferait le pauvre homme ?

Insulté par des gens peu dignes qu'on les nomme,

Au sarcasme public en butte à tous moments,

Les hommes les plus sots riraient à ses dépens.

En passant près des grands, d'une vile apostrophe

Se verrait honoré le pauvre philosophe !...

Je quitte Diogène et me plains à mon tour.

— Dáns la ville à grands pas je marchais l'autre jour,

Quand je vis deux pédants dont la noble parure

Annonçait que le *Temple* avait pris leur mesure.

Une canne à la main, puis un carreau sur l'œil,

Les deux dandys vers moi marchaient avec orgueil.

En passant auprès d'eux, je me sens sur la joue

Arriver, en sifflant, des parcelles de boue.

L'un d'eux, avec sa canne, avait produit l'effet.

Jugez, dans cet état, si j'étais satisfait !

En me débarbouillant je retournai la tête

Et j'entendis ces mots : « Oh! comme il a l'air b... ! »

Je devins furieux et me promettais bien

De punir ces marauds. Hé bien! je n'en fis rien ;

— Mais j'étais peu content, Messieurs, je vous l'assure.

Je pensais revenir sans nouvelle aventure,

Quand, soudain, comme un foudre, un coursier écumant

Arrive et dans le dos me heurte vivement.

(Encor préoccupé de ma première affaire,

L'œil morne et confondu, je regardais la terre.

Cet état, joint au bruit que l'on faisait partout,

M'avaient, dans ce moment, rendu sourd tout d'un coup).

Pensant que le cocher, dans sa course rapide,

Pouvait, s'il n'arrêtait, au moins tourner la bride,

Je voulais d'un reproche honorer ce valet.

Je reçus aussitôt un coup de son fouet.

— Cet animal, tout fier de l'or de son plumage,

Ne voulait pas qu'un homme obstruât son passage !

Il me fit la grimace en m'appelant faquin,

Et, content de son œuvre, il passa son chemin.

J'enrageais !... Mais bientôt je vis à la portière

Quelques heureux du siècle, à la figure altière,

Qui, voyant ma défaite, en riaient aux éclats.

« Passez, » leur ai-je dit, « et ne m'insultez pas !

» Cachez votre dédain ; vivez dans l'opulence ;

» Coulez des jours heureux ; vivez dans l'indolence ;

» Vivez, s'il vous convient, dans l'or et les plaisirs ;

» Contentez, en un mot, tous vos moindres désirs ;

» Mais, loin de dédaigner le pauvre en sa misère,

» N'oubliez pas que Dieu l'a formé votre frère ! »

Peut-être pense-t-on qu'ils ont, pour m'écouter,

Fait un signe au cocher pour le faire arrêter.

Non, Messieurs, point du tout. La pompeuse calèche

Disparut loin de moi, prompte comme une flèche.

Mais, pour me venger d'eux, je fis tant et si bien

Que chacun demandait : «Que sont ces Messieurs? —Rien.

Rien ! c'était bien le mot, car à quoi sert sur terre

L'homme employant le temps et la vie à rien faire,

Et qui, non-seulement ne peut pas se nourrir,

Mais prend encor le temps de qui veut le servir !

Pour moi c'est moins que rien. — Je le laisse tranquille,

Car en parlant de lui je deviens inutile.

Pour éviter l'écueil que je venais d'avoir,

Je quittai le pavé pour prendre le trottoir.

J'évitais un péril et tombais dans un pire,

— Tant est vrai que le sort sur l'homme a trop d'empire. —

Car à peine j'avais avancé de deux pas,

Je me suis encor vu dans un grand embarras.

Heurté, moqué, choqué, marchant à l'aventure,

Pressé de toutes parts, je suivis la bordure.

Bientôt je me suis vu, par quelques gens de rien,

Sur le pavé boueux renversé comme un chien.

Me voyant arrangé d'une telle manière,

Je restais indécis de ce qu'il fallait faire ;

Et ne sachant enfin à quel saint me vouer,

Je voulais rester là pour me laisser rouer.

— Je résolus pourtant de revoir mon asile ;

Mais en courant toujours pour traverser la ville :

» Malheur à qui sera debout sur mon chemin !

» Car je vais à mon tour devenir inhumain. »

Soudain je me relève et cours à perdre haleine ;

Dans tous les rangs serrés je passe, non sans peine.

Je pensais que ma course ainsi continuerait

Et que rien désormais ne m'embarrasserait ;

Mais (c'est à n'y point croire !) un être en crinoline

M'arrêta tout-à-coup, ainsi qu'une colline.

Par ce terrible choc un cerceau démonté

Fut le bien faible prix de sa témérité.

Alors le cavalier, époux ou... peu m'importe !

En voyant l'accident, de colère s'emporte.

» Vous allez, » cria-t-il, « apprendre de ma main

» Ce que l'on doit d'égards au sexe féminin. »

Je croyais ce discours on ne peut plus frivole ;

Mais il joignait déjà le geste à la parole.

Je détourne le coup ; il en donne un second ;

Je le détourne encore ; il devient furibond.

Quand, pour nous terrasser, nous entrions en lice,

Je vis en toute hâte accourir la police.

J'eus peur et voulais fuir. Pour nous mettre d'accord,

Elle m'a condamné, — car tout fuyard a tort, —

A rembourser le prix d'un bon raccommodage.

Pour n'être pas volé je voulais voir l'ouvrage.

Dès-lors, c'est convenu, nous entrons chez Vulcain,

Qui veut placer l'objet sur l'enclume d'airain.

La nymphe quelque temps fait de la résistance :

» Allons, ma belle dame, un peu de complaisance, »

Dit le noir forgeron, en s'armant d'un marteau ;
« Il faut lever la jupe et donner le cerceau. »
Il fallut se résoudre, et la dame, chagrine,
Non sans peine pourtant leva la crinoline.
Un second forgeron prend aussitôt l'objet,
Le place sur l'enclume et le tient en respect.
— Un cheval à ferrer serait moins difficile
Que ces soins empressés d'un labeur inutile.
En voyant cette dame en semblable attirail,
J'aurais bien préféré la voir dans le *travail :*
Il m'eût coûté moins cher, et de l'or je suis chiche ;
Car on sait que jamais un poète n'est riche.

Ces apprêts terminés, le robuste Vulcain
A grands coups de marteau fait retentir l'airain.

En regardant l'objet, quelle fut ma surprise,
Quand je vis par-dessous seulement la chemise,

Et qui, par parenthèse, avait une couleur
Dont l'enclume pouvait envier la noirceur.
Je pus comprendre alors la crainte d'indécence
Qui fit faire à la dame autant de résistance !...

Si c'est pour les époux une incommodité,
Pourtant la crinoline a de l'utilité :
La femme, désormais, comme une citadelle,
Devient inabordable — et ce n'est que par elle.
De même qu'elle sait voiler la nudité,
Elle pourrait cacher quelque difformité.
Et si, dans l'avenir, il survient un déluge,
La crinoline à tous servira de refuge.
A plus d'un autre usage elle est utile encor...

L'ouvrage terminé, je débourse mon or.
Je sors, accompagné de ce couple splendide,
Et je rentre chez moi, morne, et la bourse vide.

De cette promenade, avec mon souvenir,

Pendant long-temps encor j'aurai le repentir.

Oh! pendant bien long-temps, m'éloignant de la ville,

Je maudirai son faste et son luxe inutile !

Ainsi que leurs laquais je maudirai les grands ,

Je maudirai de plus les bourgeois, les pédants.

Enfin je maudirai la race chevaline ,

Je maudirai surtout la femme en crinoline.

—∞—

VOYAGE A SEMPIGNY.

—

Je viens revoir les lieux de mes premiers plaisirs ;

J'y reviens évoquer les plus doux souvenirs.

Je reviens contempler, après ma longue absence,

Ces lieux pour moi si chers, ces lieux de mon enfance !

— Déjà l'émotion s'empare de mon cœur !... —

Je revois ce canal dont le bord enchanteur

Me cacha si souvent à la vue importune

De rivaux envieux de ma bonne fortune,

Quand seul avec Marie, enivré de plaisirs,

Mon cœur parlait au sien par d'amoureux soupirs !

— Mais plus je me rapproche et plus mon cœur palpite.

Quelque chose un instant à m'arrêter m'invite.

C'est toi, rivière d'Oise; oui, c'est là... sur ce pont,

Que la première fois je lui baisai le front !

Que la première fois je sentis dans mon âme

Ce feu pur et divin par qui le cœur s'enflamme.

Oh ! que mon cœur battait quand, sur moi la pressant,

Je pus la voir enfin rougir en m'embrassant !

Ce bonheur, le plus pur, était le plus durable :

Je ne connaissais rien qui lui fût comparable.

Aussi je m'en souviens encor — et pour toujours ;

Je m'en souviendrai même à la fin de mes jours.

— Lieux chéris, je vous quitte et j'arrive au village

Où des lieux non moins chers vont charmer mon voyage.—

Salut ! port qui, jadis, fus témoin de nos jeux,

Qui reçus nos serments, nos soupirs amoureux.

Où porter mes regards? Chaque endroit me rappelle

Un instant de bonheur que j'ai passé près d'elle.

Là se trouvait un arbre où, pour se réunir,

Les amis tous les jours s'empressaient d'accourir

Alors on commençait le jeu de cache-cache;

Mais si d'être gardien il me venait la tâche,

Heureux tous les amis! car je ne poursuivais

Que Marie entre tous. Oh! qu'alors je l'aimais!...

Elle était mon bonheur, mon idole et ma vie.

— Quelle joie éprouvé-je en mon âme ravie?

Ah! je revois le tertre où, quand ce jeu cessait,

Pour un jeu plus aimable on se réunissait.

Là, de tous les garçons la troupe diligente

S'asseyait — et chacun attirait son amante.

Alors l'un d'entre nous que le sort désignait,

Armé d'un talisman, aussitôt se levait

Et nous parlait ainsi : « L'amante vous plait-elle ? »

Si l'on répondait « Oui ! » l'on voyait chaque belle

Se retourner soudain vers son fidèle ami,

L'embrasser, lui sourire en lui disant : « Merci ! »

Quand arrivait mon tour, c'était même demande,

Et, d'un oui, prononcé pour que point l'on n'entende,

A Marie, attentive à cet heureux signal,

Je semblais réclamer son baiser virginal.

Ce baiser, qui jamais ne se faisait attendre,

Etait toujours suivi de l'aveu le plus tendre,

Et, pressés l'un sur l'autre, en ces heureux moments,

Nous épanchions nos cœurs en longs embrassements.

Mais si l'un d'entre nous faisait choix de Marie,

Maudissant l'importun, j'embrassais ma chérie ;

Et, si du talisman les coups la menaçaient,

Je la laissais partir — et mes yeux la suivaient.

Je me souviens qu'alors, à courir empressée,

En faisant un faux pas elle fut renversée ;

Et que, tout aussitôt, soit honte, soit pudeur,

Son teint se colora d'une vive rougeur.

Mais, trompant les regards de la troupe surprise,

Prompte comme l'éclair on la revit assise.

En sortant de ces lieux, un autre souvenir
Apporte dans mon cœur la joie et le plaisir.
J'aperçois la demeure où je vais voir mon père,
Où je vais retrouver aussi ma bonne mère,
La serrer dans mes bras, l'embrasser tendrement
Et passer avec elle encore un doux moment.
Je vais me réjouir au sein de la famille,
Quand, nous réunissant près d'un feu qui pétille,
Chacun racontera des faits du temps passé,
Sans gêne, sans détour et sans rire forcé ;
Quand un petit marmot d'une ardeur frétillante,
En sautant, charmera la famille riante ;
Quand, nous associant à ses jeux enfantins,
Pour lui faire plaisir nous nous ferons bambins ;
—Et, tel qu'un ciel d'azur qu'aucun brouillard n'ombrage,
Mon bonheur en ce lieu restera sans nuage.

A mes yeux la forêt vient s'offrir à son tour.
C'est là que.... mais gardons les secrets de l'amour.

Que ne dirais-tu pas , ô forêt regrettée !

Du pouvoir de parler si Dieu t'avait dotée ?

Tu redirais sans cesse , en langoureux accents ,

Nos soupirs amoureux , nos amoureux serments.

Mais déjà trop long-temps tes échos les redirent,

Et nos cœurs inquiets bien souvent les maudirent....

Lieux trop chers , cachez-moi celle que j'aimai tant ,

Et laissez-moi courir au bonheur qui m'attend.

Sempigny, août 1859.

—∞—

A MON AMI COTELLE. (*)

—

Vos vers de ce matin, sensibles à mon cœur,

Ont rappelé mon âme à son premier bonheur,

A mes chères amours, à ma flamme brûlante,

A mes jours d'allégresse, à mon aimable amante.

Il me semblait encore être en ces jours heureux

Où s'égarait mon âme en rêves amoureux ;

(*) Cette lettre est une réponse à une lettre de l'auteur qu'il n'a pas cru devoir publier.

Où des plus purs plaisirs goûtant la douce ivresse

J'avais enfin conquis d'un ange la tendresse.

Oh ! je me les rappelle encore ces beaux jours ;

Et ce doux souvenir des plus tendres amours,

Ranimant un instant ma primitive flamme,

Enivre encor mes sens et captive mon âme.

Dieux ! que j'étais heureux, triomphant autrefois,

Lorsque mon cœur aimait pour la première fois ;

Lorsque j'allais m'asseoir à l'ombre de l'yeuse

Et rêver au bonheur de mon âme joyeuse ;

Lorsque mon vrai plaisir, quand j'en avais le temps,

Etait d'aller le soir rêver au doux printemps ;

Lorsque l'amour naissant d'une belle maîtresse

Captivait tous mes sens et faisait mon ivresse ;

Lorsque son seul regard me fascinait le cœur

Et puis y répandait la coupe du bonheur ;

Lorsque tous mes désirs, le rêve de ma vie

Se résumaient enfin dans l'amour de Marie.

Alors, mon cher ami, j'allais sur le gazon
Fêter tout comme vous l'amoureuse saison,
Penser à mes amours, à ma blonde sans cesse.
Oh ! j'avais dans Marie un ange de tendresse !

Telle on voit une fleur qui va s'épanouir,
A goûter son parfum convier la contrée :
Tel mon cœur amoureux aspirait de s'ouvrir
A celle dont l'amour remplissait ma pensée.

Pour moi le seul bonheur n'était qu'en cet amour
— Et d'elle je rêvais et la nuit et le jour.

J'étais heureux vraiment lorsque, rêveur et sombre,
Par un beau clair de lune et d'étoiles sans nombre,
J'allais avec Marie en un chemin désert
Me promener, m'asseoir sur le beau gazon vert.

J'étais encore heureux quand, le soir, dans la plaine,

Assis près d'un vieux chêne ou près d'une fontaine

J'allais avec ma blonde, en airs harmonieux,

Chanter mon seul amour; oui, j'étais bien heureux !

J'étais encore heureux quand la douce harmonie

De mille voix d'oiseaux aux amoureux accents

Inspirait la pensée à mon aimable amie

D'entonner à son tour de l'amour les doux chants.

J'étais encore heureux quand, sur son front candide,

Mes lèvres déposaient un baiser tout timide,

Le baiser du départ et le dernier du soir

Que l'écho répétait : c'était un au revoir.

Mais, hélas! aujourd'hui ces baisers de tendresse

De cet ange qu'en songe en mes deux bras je presse,

Tout mon bien, mon bonheur semblent vouloir me fuir

Et j'ai perdu l'espoir même dans l'avenir.

Je n'ai plus là Marie.... Avec elle s'envole

Le rêve de ma vie, et rien ne me console.

Il me faut accepter la séparation

Et de tout songe heureux taire l'ambition !!!

Les larmes du regret roulent sur ma prunelle.

— Nous reprendrons plus tard ce discours, cher Cotelle.

AD. CAVEL.

Compiègne, mai 1859.

—∞—

A MON AMI CAVEL.

> L'espérance fait vivre et la foi nous conduit.
>
> ANDRÉ CHENIER.

—

Votre réponse, ami, me fit un grand plaisir.
Il est pourtant un vers qui me fit de la peine :
« Et j'ai perdu l'espoir, même dans l'avenir ! »
Chassez de votre cœur cette terreur soudaine.

Douter de l'avenir ! oh ! je ne vous crois pas ;
A peine de la vie avez-vous vu l'aurore !
Le vieillard qui se voit aux portes du trépas,
Malgré le poids des ans, sait espérer encore !...

Comme vous, cher ami, j'ai coulé d'heureux jours ;
Comme vous, j'ai goûté les douceurs des amours ;
Et comme vous, enfin, j'ai perdu confiance ;
Mais j'ai su conserver des lueurs d'espérance.
En perdant une amante, oui l'on perd le bonheur ;
Mais ayons un courage au-dessus du malheur.
J'ai perdu mon amie, et, quand je m'en désole,
Voilà, mon cher Cavel, comment je m'en console :

Loin du bruit de la ville, en des chemins déserts,
Descendant les vallons, gravissant les montagnes,
Ecoutant des oiseaux les ravissants concerts,
Je vais me procurer le plaisir des campagnes.

D'un avide regard je contemple les cieux,

Et j'oublie un instant une amante infidèle.

Ravis de la nature, en revenant, mes yeux

Ne cherchent plus Marie, et la trouvent moins belle.

Mais, si plus tard encor mon esprit la revoit,

De nouveau, pour les champs, je déserte mon toit ;

Je regarde le ciel avec les yeux de l'âme,

Et, d'amour pour mon Dieu, mon cœur alors s'enflamme.

— Le spectacle imposant de la création

M'enivre de surprise et d'admiration !

Vers son divin auteur s'envole ma pensée

Et par lui, dans mon cœur, Marie est remplacée.

Plus on voit la nature et plus on veut la voir ;

Aussi, mon cher Cavel, ai-je pris l'habitude

D'aller me promener dans les champs vers le soir.

Là, rêveur, je me trouve exempt d'inquiétude ;

Là, plongeant mon regard dans cette immensité,
Dont mon œil n'aperçoit qu'une faible partie,
D'un saint et doux émoi mon cœur est agité,
Et j'adore celui de qui je tiens la vie !

Dans l'espace infini quel est votre soutien,
Astres, pour nous si grands, et que Dieu fit de rien ?
Et vous, êtres sans nombre, êtres imperceptibles,
Qui possédez des sens et restez invisibles,
Monades qui semblez être près du néant,
Etres auprès desquels l'homme devient géant,
Qui règle votre marche et quel est le génie
Qui fait battre vos cœurs par un souffle de vie ?

C'est un Dieu bienfaisant et maître du destin ;
C'est le Dieu créateur des cieux et de la terre.
J'aperçois en tous lieux son invisible main
Qui des êtres vivants soulage la misère :

Il donne aux affligés la consolation,

Aux vieillards chancelants l'espoir et le courage,

Au condamné la grâce, au pécheur le pardon,

Au marin qui le prie un port dans le naufrage.

Et vous, au désespoir vous vous abandonnez !

Est-ce vous, cher Cavel, est-ce vous qui parlez ?

Non ; tout autant que moi vous avez confiance

En un Dieu tout puissant, ainsi qu'en sa clémence.

Vous avez des chagrins que le temps finira,

Confiez-les à Dieu qui les apaisera ;

Et n'oubliez jamais que, pour nous très-bon père,

Il exauce les vœux ainsi que la prière.

Saint-Quentin, juillet 1859.

A MON AMI COTELLE.

—

Je vous disais un jour, Cotelle, que mon cœur
Avait perdu l'espoir de trouver le bonheur,
Et que de ma pauvre âme, en proie à la tristesse,
Un beau rêve avait fui pour ne plus revenir;
Rêve de mes beaux jours, de ma tendre jeunesse
Dont je ne gardais plus qu'un touchant souvenir !
Cependant au moment où ma plume en délire
Confiait au papier ce que je viens de dire,

La fortune, pour moi, travaillait quelque peu

Et sans m'en prévenir comblait mon plus grand vœu.

Mon rêve revenait, Alphonse, plein de charmes

Et chassait de mon cœur d'inutiles alarmes ;

Il m'apportait la paix d'un bonheur sans égal

Et de nouveaux beaux jours me donnait le signal.

Oh ! combien l'on a tort de perdre l'espérance

Quand on est jeune encore et que de la souffrance

On se voit accablé. N'a-t-on pas devant soi

L'avenir grand et fort qui peut nourrir la foi ?

Je ne suis pas le seul pourtant que l'infortune

Se plaise à commander en maîtresse importune :

Tous ceux qui de l'amour ont les doux sentiments

En acceptant ses lois éprouvent ses tourments.

Nous souffrons plus ou moins selon que notre flamme

Exerce plus ou moins son pouvoir sur notre âme ;

Personne à ces tourments ne saurait résister

Et c'est comme une loi que l'on doit accepter.

A cet égard voici d'un amoureux l'histoire ;

C'est lui qui me l'a dite et vous pouvez l'en croire.

Vous verrez que son cœur, plus d'une fois ouvert

A de nouveaux tendrons n'en a pas moins souffert ;

Que souvent sa poitrine exhala sa souffrance.

— Mais laissons-le parler. Ecoutez : il commence.

I.

« J'avais quinze ans à peine et déjà dans mon cœur

Le petit dieu d'amour commandait en vainqueur ;

J'aimais avec ardeur, et les yeux de Sylvie

A leurs charmes avaient comme enchaîné ma vie ;

Je pensais à ma belle à chaque instant du jour

Et la nuit m'amenait de doux rêves d'amour ;

Et, quand dans un bosquet, assis sous le feuillage,

De Daphnis et Chloë nous parlions le langage,

J'abandonnais mon cœur aux plaisirs amoureux

Et j'étais des amants je crois le plus heureux ;

L'instant où nos baisers s'échangeaient dans la plaine

Avait un charme aussi dont mon âme était pleine ;

Enfin Vénus avait à nos tendres amours

Réservé ce bonheur qu'on désire toujours :

Des anges le bonheur, — et l'âme de Sylvie

Devenait le séjour de mon âme ravie.

Ah ! pourquoi fallait-il que le destin fatal

Vînt si tôt du malheur me donner le signal ?

L'âme de ma Sylvie un jour quitta le monde,

Pure comme l'azur, limpide comme l'onde,

Abandonnant la mienne à toutes les douleurs.

J'allai sur son tombeau souvent verser des pleurs ;

Long-temps, oui, bien long-temps près de son mausolée

Pour gémir me mena mon âme désolée ;

Mais en vain je pleurais celle qui n'était plus,

Mon rêve se perdait en des cris superflus,

Et la mort qui m'avait séparé de mon ange

Me donnait pour toujours des larmes en échange.

II.

Je n'avais plus Sylvie, et mon cœur attristé
Ne rêvait que malheur au lieu de volupté ;
Pour toujours dans ce cœur, au lieu de l'espérance,
Je pensais qu'aurait pris place quelque souffrance,
Mais j'oubliais alors ce que me réservait
Le Maître souverain que mon âme servait.
J'étais loin de penser que j'aimerais encore
Et que des jours heureux je reverrais l'aurore :
Ami, ce doux espoir avait fui loin de moi,
Lorsque près de Marie un amoureux émoi
M'apprit que je pouvais, dans un nouveau délire,
Me livrer au bonheur que tout amant désire.
J'adorais cette fois, et mes vœux désormais
Devaient être comblés par celle que j'aimais ;
Auprès d'elle toujours me conduisait ma flamme,
Auprès d'elle toujours heureuse était mon âme ;

Marie avait pour moi les plus purs sentiments

Et nous étions unis par d'éternels serments ;

Notre existence était pleine de poésie ;

Les dieux nous prodiguaient leur plus douce ambroisie,

Après avoir comblé nos mutuels désirs,

— Et des amours nos cœurs nageaient dans les plaisirs,

Lorsqu'un affreux soupçon vint encore me reprendre

Le doux bonheur auquel j'avais osé prétendre.

Je crus Marie ingrate, infidèle, et mon cœur,

Pour la deuxième fois en proie à la douleur,

Maudissait mon amante et gémissait sans cesse

Sur l'infortuné sort qu'éprouvait ma tendresse.

III.

Abreuvé des chagrins que me donnait l'amour,

Je demandais au ciel un plus heureux séjour ;

J'abhorrais les plaisirs que procure le monde,

Accablé que j'étais d'une peine profonde ;.

Je voulais le quitter, ce monde où si souvent
J'avais été jeté comme une feuille au vent.
Mais une fois encore, en me montrant ses charmes,
Amour sut parvenir à me sécher les larmes.
Je revis une fille aux yeux fort séduisants
Que j'admirais déjà dès mes plus tendres ans ;
Son regard respirait la candeur, l'innocence,
Et rendait à mon cœur sa première espérance ;
J'oubliais mon passé pour revivre au bonheur,
Et bientôt je perdis l'empire de mon cœur.
Oh ! cette fois pourtant, dans ce cœur si sensible,
Que je trouvai toujours à l'amour accessible,
La paix était rentrée, et comme ce soldat
Qui revient tout joyeux après un grand combat,
Je reposais tranquille et laissais à ma flamme
Le soin de prodiguer ses plaisirs à mon âme.
Jamais, ami, jamais je ne fus plus heureux
Ni ne partageai mieux les plaisirs amoureux
Qu'en cette affection ; de Fanny la tendresse
Inventait chaque jour quelque aimable caresse ;

Son cœur ne pouvait plus se séparer du mien
Qu'en rompant des serments le mutuel lien ;
Mais de ce côté-là, je n'eus jamais à craindre.
L'un de nous fut ingrat, — seule elle peut se plaindre.

IV.

Ici je dois me taire et laisser l'avenir
Remplacer par l'espoir un heureux souvenir.
Maintenant ce n'est plus ma Fanny que j'adore,
C'est un ange aux yeux bleus que j'appellerai Flore.
Je fus ingrat ; — Fanny me conserva son cœur,
Et pour elle me voir est encore un bonheur.
Mais Flore a mon amour et d'elle je réclame
Tout le bien qu'ici-bas rêva long-temps mon âme.
Je l'aimerai toujours et mon cœur, désormais,
Heureux dans ses transports est tranquille à jamais. »

—

Il est heureux, dit-il, que Dieu veuille l'entendre
Et laisser en repos l'amant qui fut trop tendre ;
Il a bien mérité le doux repos du cœur
Si de tant de revers il est resté vainqueur.

AD. CAVEL.

Compiègne, août 1859.

LE REVENANT.

A UN AMI.

Mon cher, je vais te faire un récit surprenant,

Mais véritable ; ou bien je veux que Dieu me damne!

C'est l'histoire, en un **mot**, d'un mort, d'un revenant.

— Qui sera le héros ? — Cher ami, c'est un âne.

Son nom sera Martin ; car tel est mon plaisir.

C'est ainsi que toujours je prétends qu'on l'appelle.

Avant de commencer, connais bien mon désir :

— Je te défends de rire ou bien je te querelle.

O divin Apollon, pour ce grave sujet,

Prête à mes faibles sons les accents de ta lyre ;

J'implore ton secours, car je ne sais que dire.

Eh ! Que pourrait-on dire en parlant d'un baudet ?

Non loin de l'Oise est un petit village

Où les croyants furent toujours nombreux.

De père en fils, de tout temps, d'âge en âge,

Se sont transmis les récits les plus vieux ;

Récits de morts, de spectres, de fantômes,

Dont s'effrayaient tous les petits enfants,

Et qui, par suite, effrayèrent les hommes.

— Ainsi les morts ont fait peur aux vivants. —

Les feux follets, dans ce village ,

Etaient l'effroi des paysans.

Aux mêmes jours, — c'était l'usage, —

On les revoyait tous les ans.

Les yeux, trompés par l'habitude,
En auraient vu, n'en faut-il pas ;
Et l'esprit plein d'inquiétude
En aurait fait des yeux de chats.

— Un jour qu'une foule nombreuse
Cherchait à les voir voltiger,
Un spectre, à figure hideuse,
S'avança d'un pas léger.
Chacun de s'enfuir au plus vite,
Sans s'inquiéter du chemin.
Soudain, tout rentre dans son gîte,
Pour attendre le lendemain.

Ce spectre, ami, c'était Martin lui-même,
L'âne Martin, héros de ce récit,
Qui, tous les soirs d'avent ou de carême,
Pâturait là, parfois toute la nuit.

Le lendemain, avant l'aube on s'empresse

De se lever pour discuter le fait ;

Impatient, chacun reste muet,

Et de Phébus accuse la paresse.

Le jour enfin éclaire l'horizon ;

Dans le village aussitôt on s'assemble.

Tous à l'envi, dans leur affreux jargon ,

Veulent parler ; et tous parlent ensemble.

Bien habile serait l'homme pouvant saisir

Tous les discours sans fin que chacun fait entendre ,

Et tous les mots pompeux inventés à plaisir,

Mots que les auteurs même évitent de comprendre.

Pourtant, de ces discours deux furent conservés :

Ce sont ceux dont le fond paraissait le plus sage ,

Et qui, des habitants , dans le cœur sont gravés ;

En un mot, ce sont ceux des savants du village.

« Amis, dit le premier, il vous souvient encor

» Du nommé Jean Terrier, mort depuis deux années,

» J'ai reconnu ses traits dès le premier abord

» Et des peines je crois par lui sont amenées ;

» Car j'ai le souvenir que, dans notre pays,

» On lui fit endurer des peines bien cruelles :

» Il vient pour s'en venger. Au lieu d'être rebelles,

» Amis, prions pour lui. Vous restez interdits !... »

« — C'est vrai, dit le second, les traits de son visage

» Me l'ont fait reconnaître au même instant que vous ;

» Mais vous venez de faire à cet homme un outrage,

» En le jugeant encor capable de courroux.

» Il faut avoir des morts une plus haute idée,

» Surtout des bons chrétiens, comme il l'était, dit-on ;

» Il lui faut une messe; il nous l'a demandée.

    » Et sa vengeance est un pardon. »

A cet avis, de beaucoup le plus sage,

L'un ne croit pas ; un autre le partage.

Mais l'un d'entre eux, homme fort et sans peur,

Ne jugeant pas de la même manière,

Promet alors d'éclairer leur erreur,

Dès que du jour finira la lumière.

Cet homme tint promesse ; il n'y fut pas long-temps
Et revint accablé d'une surprise extrême.

    Il dit alors à tous les habitants....

    Mais laissons-le parler lui-même :

» A peine j'étais arrivé

» A la place que vous savez,

» Aussitôt mes yeux l'ont revu.

» Je crois qu'il m'avait attendu !

» Vers lui je m'avance ; il s'arrête !

» Sans doute, il avait peur de moi :

» Qui vive ? ai-je dit ; et sa tête

» A paru s'agiter d'effroi.

» Il prit une pâleur soudaine,

» Et je pus voir à son aspect

» Qu'il n'avait pas figure humaine ;

» Ou des hommes, c'est le plus laid !

» Vers lui j'avance encore et crie :

» Qui vive ? Parlez, ou la mort !

» A ces mots, comprenant son sort,

» Il fuit comme un diable en furie.

» Ce n'est pas un homme,

» Ne le croyez pas;

» Ni même un fantôme,

» Car j'ai vu ses pas.

» Ce n'est que le diable,

» J'en suis convaincu.

» Sa mine effroyable

» Et son front cornu,

» Sa queue en trompette,

» Son corps tout noirci,

» Son affreuse tête

» Font voir que c'est lui. »

« — Mais hier, dit la foule, il n'était pas de même :

» Blanc comme neige on le trouvait.

» S'il est noir aujourd'hui, vous vous trompez vous-même,

» D'une vision c'est l'effet ! »

« — Le diable a des vertus divines ;

» Il peut se changer à son gré ;

» Et la grandeur de ses narines

» Prouverait bien que je dis vrai. »

« — Eh bien ! nous irons tous, demain, à la même heure ;

» Sans doute nous le reverrons.

» Alors, si c'est bien lui, nous l'environnerons ;

» Dans nos mains il faudra qu'il meure !... »

Avec force liqueurs s'échauffant le cerveau ,

Tous à la fin du jour sont plongés dans l'ivresse ;

Le moment arrivé , la foule, de nouveau,

A l'endroit désigné de s'assembler s'empresse.

Vers le lieu du spectacle, à demi-trébuchant,

Nos hardis villageois marchent en ricochant.

Arrivés à leur but , ils revoient le fantôme :

« C'est bien notre semblable ! oui, bien sûr, c'est un
[homme] !

» Se disent-ils entre eux ; il n'en faut plus douter.

» Vers lui dirigeons-nous et sans rien redouter. »

A ces mots, on s'avance et le fantôme ou diable

Jette un cri dans les airs qui les glace d'effroi ;

Cri de joie ou d'horreur, mais le plus effroyable

Que jamais les humains aient entendu, je croi.

Se voyant menacé, l'inconnu prend la fuite.

Sans crainte, puisqu'il fuit, et le vin excitant,

Les villageois, soudain, marchent à sa poursuite

Et l'attrapent enfin à l'étable rentrant.

    « O surprise extrême !

    » Avons-nous des yeux ?

    » C'est Martin lui-même,

    » L'âne de Bayeux.

    » Que ne va-t-on dire

    » Quand on le saura ?

    » Combien l'on va rire

    » De ce conte-là ?

» Par notre silence

« Trompons le rieur ;

» Bonne contenance

» Sauvera l'honneur. »

Ici, mon cher ami, finit cette aventure.

Crois-y ; car tu sais bien que je hais l'imposture !

Mais, diras-tu, par quel aveuglement

Tous tes acteurs pouvaient voir de la sorte ?

D'une grenouille ils auraient sûrement

Su faire un bœuf, ou le diable m'emporte !

Combien de gens qui ne voient pas plus clair,

Qui, cependant, croient avoir bonne vue ;

Et qui, prenant la foudre pour l'éclair,

Quoique rampant, croient planer sur la nue?...

Mais je vois, mon ami, que je fais un sermon !

— Je quitte ce terrain, car la pente est glissante. —

Si cette lettre a trompé ton attente,

De toi j'implore un bienveillant pardon.

ERRATA.

—

Page 8, 9e vers : *au lieu de* témoins, *lisez* témoin.

Page 29, 5e vers : *au lieu de* seuil du logis, *lisez* seuil des logis.

Page 30, 9e vers : *au lieu de* courrons, *lisez* courons.

Page 44, 4e vers : *au lieu de* ne peut en croire ses yeux, *lisez* n'en
peut croire ses yeux.

Page 96, 2e vers : *au lieu de* faut-il, *lisez* fût-il.

ERRATA.

Page 8, 9e vers : *au lieu de* témoins, *lisez* témoin.

Page 29, 5e vers : *au lieu de* seuil du logis, *lisez* seuil des logis.

Page 30, 9e vers : *au lieu de* courrons, *lisez* courons.

Page 44, 4e vers : *au lieu de* ne peut en croire ses yeux, *lisez* n'en peut croire ses yeux.

Page 96, 2e vers : *au lieu de* faut-il, *lisez* fût-il.

TABLE DES MATIÈRES.

TABLE DES MATIÈRES.

www.ingramcontent.com/pod-product-compliance
Ingram Content Group UK Ltd.
Pitfield, Milton Keynes, MK11 3LW, UK
UKHW021735090726
13657UKWH00002B/732